KB076973

님의 침묵

한용운

님의 침묵

한용운

사과
꽃

Odilon Redon
Portrait of Ari Redon

차례

1 님의 침묵

2 나는 곧 당신이어요

3 이별은 미의 창조

4 사랑의 꿈에서 불멸을 얻겠습니다

5 당신은 나의 꽃밭으로 오셔요

군말

　'님'만 님이 아니라 기룬 것은 다 님이다. 중생衆生이 석가의 님이라면 철학은 칸트의 님이다. 장미화薔薇花의 님이 봄비라면 마시니의 님은 이태리다. 님은 내가 사랑할 뿐 아니라 나를 사랑하나니라.

　연애가 자유라면 님도 자유일 것이다. 그러나 너희는 이름 좋은 자유에 알뜰한 구속을 받지 않느냐. 너에게도 님이 있느냐,있다면 님이 아니라 너의 그림자니라.

　나는 해 저문 벌판에서 돌아가는 길을 잃고 헤매는 어린 양이 기루어서 이 시詩를 쓴다.

1

님의 침묵

님의 침묵

님은 갔습니다. 아아 사랑하는 나의 님은 갔습니다.
푸른 산빛을 깨치고 단풍나무 숲을 향하여 난 작은
길을 걸어서 차마 떨치고 갔습니다.

황금의 꽃같이 굳고 빛나던 옛 맹세는 차디찬
티끌이 되어서 한숨의 미풍微風에 날아갔습니다.

날카로운 첫 키스의 추억은 나의 운명의 지침
指針을 돌려놓고 뒷걸음쳐서 사라졌습니다.

나는 향기로운 님의 말소리에 귀먹고 꽃다운 님의
얼굴에 눈멀었습니다.

사랑도 사람의 일이라 만날 때에 미리 떠날 것을
염려하고 경계하지 아니한 것은 아니지만, 이별은
뜻밖의 일이 되고 놀란 가슴은 새로운 슬픔에
터집니다.

그러나 이별을 쓸데없는 눈물의 원천源泉을 만들고
마는 것은, 스스로 사랑을 깨치는 것인 줄 아는
까닭에 걷잡을 수 없는 슬픔의 힘을 옮겨서 새 희망의
정수배기에 들어부었습니다.

우리는 만날 때에 떠날 것을 염려하는 것과 같이
떠날 때에 다시 만날 것을 믿습니다.

아아, 님은 갔지만은 나는 님을 보내지
아니하였습니다.

제 곡조를 못이기는 사랑의 노래는 님의 침묵을 휩싸고 돕니다.

알 수 없어요

　바람도 없는 공중에 수직의 파문을 내이며
　고요히 떨어지는 오동잎은 누구의 발자최입니까
　지리한 장마 끝에 서풍에 몰려가는 무서운 검은
구름의 터진 틈으로
　언뜻언뜻 보이는 푸른 하늘은 누구의 얼골입니까
　꽃도 없는 깊은 나무에 푸른 이끼를 거쳐서,
　옛 탑 위의 고요한 하늘을 슬치는 알 수 없는 향기는
누구의 입김입니까
　근원은 알지도 못할 곳에서 나어 돍부리를 울리고
　가늘게 흐르는 적은 시내는 굽이굽이 누구의
노래입니까
　연꽃 같은 발꿈치로 가없는 바다를 밟고,
　옥 같은 손으로 끝없는 하늘을 만지면서 떨어지는
날을 곱게 단장하는
　저녁놀은 누구의 시詩입니까
　타고 남은 재가 다시 기름이 됩니다.
　그칠 줄을 모르고 타는 나의 가슴은 누구의 밤을
지키는 약한 등불입니까

포도주 葡萄酒

　가을바람과 아침볕에 마침 맞게 익은 향기로운
포도를 따서 술을 빚었습니다.
　그 술 고이는 향기는 가을하늘을 물들입니다.
　님이여,그 술을 연잎잔에 가득히 부어서 님에게
드리겠습니다.
　님이여 떨리는 손을 거쳐서 타오르는 입술을
추기셔요.

　님이여 그 술은 한 밤을 지나면 눈물이 됩니다.
　아아! 한 밤을 지나면 포도주가 눈물이 되지마는, 또
한 밤을 지나면 나의 눈물이 다른 포도주가 됩니다.
오오, 님이여!

행복

　나는 당신을 사랑하고, 당신의 행복을 사랑합니다.
나는 온 세상 사람이 당신을 사랑하고 당신의 행복을
사랑하기를 바랍니다.
　그러나 정말로 당신을 사랑하는 사람이 있다면 나는
그 사람을 미워하겠습니다. 그 사람을 미워하는 것은
당신을 사랑하는 마음의 한 부분입니다.
　그러므로 그 사람을 미워하는 고통도 나에게는
행복입니다.

　만일 온 세상 사람이 당신을 미워한다면 나는 그
사람을 얼마나 미워하겠습니까.
　만일 온 세상 사람이 당신을 사랑하지도 않고
미워하지도 않는다면, 그것은 나의 일생에 견딜 수
없는 불행입니다.
　만일 온 세상 사람이 당신을 사랑하고자 하여 나를
미워한다면, 나의 행복은 더 클 수가 없습니다.
　그것은 모든 사람이 나를 미워하는 원한의 두만강이
깊을수록 나의 당신을 사랑하는 행복의 백두산이
높아지는 까닭입니다.

사랑하는 까닭

내가 당신을 사랑하는 것은 까닭이 없는것이
아닙니다
다른 사람들은 나의 홍안만을 사랑하지마는, 당신은
나의 백발도 사랑하는 까닭입니다

내가 당신을 기루어 하는 것은 까닭이 없는것이
아닙니다.
다른 사람들은 나의 미소만을 사랑하지마는 당신은
나의 눈물도 사랑하는 까닭입니다.

내가 당신을 기다리는 것은 까닭이 없는것이
아닙니다.
다른 사람들은 나의 건강만을 사랑하지마는, 당신은
나의 죽음도 사랑하는 까닭입니다.

사랑의 존재

　사랑을 사랑이라고 하면, 벌써 사랑이 아닙니다.
　사랑을 이름지을 만한 말이나 글이 어디 있습니까.
　미소에 눌려서 괴로운 듯한 장미빛 입술인들,
그것을 스칠 수가 있습니까.
　눈물의 뒤에 숨어서 슬픔의 흑암면黑闇面을
반사하는 가을 물결의 눈인들 그것을 비칠 수가
있습니까.
　그림자 없는 구름을 거쳐서, 메아리 없는 절벽을
거쳐서, 마음이 갈 수 없는 바다를 거쳐서 존재?
존재입니다.
　그 나라는 국경이 없습니다. 수명은 시간이
아닙니다.
　사랑의 존재는 님의 눈과 님의 마음도 알지
못합니다.
　사랑의 비밀은 다만 님의 수건에 수놓는 바늘과,
님의 심으신 꽃나무와, 님의 잠과 시인의 상상과
그들만이 압니다.

고적한 밤

하늘에는 달이 없고 땅에는 바람이 없습니다.
사람들은 소리가 없고, 나는 마음이 없습니다.

우주는 주검인가요.
인생은 잠인가요.

한 가닥은 눈썹에 걸치고, 한 가닥은 작은 별에
걸쳤던 님 생각의 금실은 살살살 겁니다.
한 손에는 만금萬金의 칼은 들고 한 손으로 천국의
꽃을 꺽던 환상의 여왕도 그림자를 감추었습니다.
아아, 님 생각의 금실과 환상의 여왕이 두손을
마주잡고, 눈물 속에서 정사情死한 줄이야 누가
알아요.

우주는 주검인가요.
인생은 눈물인가요.
인생이 눈물이라면
죽음은 사랑인가요.

복종

　남들은 자유를 사랑한다지마는, 나는 복종을
좋아하여요.
　자유를 모르는 것은 아니지만, 당신에게는 복종만
하고 싶어요.
　복종하고 싶은데 복종하는 것은 아름다운 자유보다
더 달콤합니다. 그것이 나의 행복입니다.
　그러나 당신이 나더러 다른 사람을 복종하라면,
그것만은 복종할 수가 없습니다.
　다른 사람에게 복종하려면 당신에게 복종할 수가
없는 까닭입니다.

비밀 秘密

비밀입니까, 비밀이라니요, 나에게 무슨 비밀이
있겠습니까.

나는 당신에게 대하여 비밀을 지키려고
하였습니다마는 비밀은 야속히도 지켜지지
아니하였습니다.

나의 비밀은 눈물을 거쳐서 당신의 시각視覺으로
들어갔습니다.

나의 비밀은 한숨을 것쳐서 당신의 청각聽覺으로
들어갔습니다.

나의 비밀은, 떨리는 가슴을 거쳐서 당신의
촉각觸覺으로 드러갔습니다.

그 밖의 비밀秘密은 한 조각 붉은 마음이 되어서
당신의 꿈으로 들어갔습니다.

그러나 마지막 비밀은 하나 있습니다. 비밀은 소리
없는 메아리와 같아서 표현할 수가 없습니다.

해당화

　당신은 해당화 피기 전에 오신다고 하였습니다 봄은
벌써 늦었습니다.
　봄이 오기 전에는 어서 오기를 바랐더니 봄이 오고
보니 너무 일찍 왔나 두려합니다.
　철모르는 아이들은 뒷동산에 해당화가 피었다고
다투어 말하기로 듣고도 못 들은 체하였더니
　야속한 봄바람은 나는 꽃을 불어서 경대 위에
놓입니다그려.
　시름없이 꽃을 주워서 입술에 대고 '너는 언제
피었니'하고 물었습니다.
　꽃은 말도 없이 나의 눈물에 비쳐서 둘도 되고 셋도
됩니다.

반비례

    당신의 소리는 '침묵'인가요.
    당신이 노래를 부르지 아니하는 때에, 당신의
노래가락은 역력히 들립니다그려.
    당신의 소리는 침묵이어요.

    당신의 얼굴은 '흑암黑闇'인가요.
    내가 눈을 감은 때에, 당신의 얼굴은 분명히
보입니다그려.
    당신의 얼굴은 흑암이어요.

    당신의 그림자는 '광명光明'인가요.
    당신의 그림자는 달이 넘어간 뒤에, 어두운 창에
비칩니다그려.
    당신의 그림자는 광명이어요.

차라리

님이여 오서요. 오시지 아니하랴면 차라리 가셔요.
가려다, 오고 오려다 가는 것은 나에게 목숨을
빼앗고 죽음도 주지 않는 것입니다.
님이여 나를 책망하랴거든, 차라리 큰소리로
말씀하야 주서요.
침묵으로 책망하지 말고, 침묵으로 책망하는 것은
아픈 마음을 얼음바늘로 찌르는 것입니다.
님이여 나를 아니 보려거든, 차라리 눈을 돌려서
감으셔요. 흐르는 곁눈으로 흘겨보지 마셔요.
곁눈으로 흘겨보는 것은 사랑의 보褓에 가시의 선물을
싸서 주는 것입니다.

첫 키스

마셔요 제발 마셔요

보면서 못보는 체 마셔요

마셔요 제발 마셔요

입술을 다물고 눈으로 말하지 마셔요

마셔요 제발 마셔요

뜨거운 사랑에 웃으면서 차디찬 잔부끄럼에 울지

마셔요.

마셔요 제발 마셔요

세계의 꽃을 혼자 따면서 항분亢奮에 넘쳐서 떨지

마셔요

마셔요 제발 마셔요

미소는 나의 운명의 가슴에서 춤을 춥니다.

새삼스럽게 스스러워 마셔요

최초의 님

　맨 첨에 만난 님과 님은 누구이며 어느 때인가요.
　맨 첨에 이별한 님과 님은 누구이며 어느 때인가요.
　맨 첨에 만난 님과 님이 맨 첨으로 이별하였읍니까,
다른 님과 님이 맨 처음으로 이별하였읍니까.
　나는 맨첨에 만난 님과 님이 맨 첨으로 이별한 줄로
압니다.
　만나고 이별이 없는 것은 님이 아니라 나 입니다.
　이별하고 만나지 않는 것은 님이 아니라 길가는
사람입니다.
　우리는 님에 대하여 만날 때에 이별을 염려하고,
이별할 때에 만남을 기약합니다.
　그것은 맨첨에 만난 님과 님이 다시 이별한
유전성의 흔적입니다.
　그러므로 만나지 않는 것도 님이 아니요, 이별이
없는 것도 님이 아닙니다.
　님은 만날 때에 웃음을 주고, 떠날 때에 눈물을
줍니다.
　만날 때의 웃음보다 떠날 때의 눈물이 좋고, 떠날
때의 눈물보다 다시 만나는 웃음이 좋습니다.
　아아 님이여, 우리의 다시 만나는 웃음은 어느 때에
있읍니까

자유 정조 自由 貞操

    내가 당신을 기다리고 있는 것은 기다리고자 하는
것이 아니라, 기다려지는 것입니다.
    말하자면 당신을 기다리는 것은 정조貞操보다도
사랑입니다.

    남들은 나더러 시대에 뒤진 낡은 여성이라고
삐죽거립니다. 구구한 정조를 지킨다고.
    그러나 나는 시대성을 이해하지 못하는 것도
아닙니다.
    인생과 정조의 심각한 비판을 하여보기도 한두 번이
아닙니다.
    자유연애의 신성神聖을 덮어놓고 부정하는 것도
아닙니다.
    대자연을 따라서 초연생활超然生活을 할 생각도 하여
보았습니다.

    그러나 구경究竟, 만사가 다 저의 좋아하는 대로
말한 것이오, 행한 것입니다.
    나는 님을 기다리면서 괴로움을 먹고 살이 찝니다.
어려움을 입고 키가 큽니다.
    나의 정조는 '자유정조' 입니다.

만족

세상에 만족이 있느냐? 인생에게 만족이 있느냐?
있다면 나에게도 있으리라.

세상에 만족이 있기는 있지마는 사람의 앞에만
있다. 거리는 사람의 팔길이와 같고
속력은 사람의 걸음과 비례가 된다.
만족은 잡을래야 잡을 수도 없고, 버릴래야 버릴
수도 없다.

만족을 얻고 보면 얻은 것은 불만족이요, 만족은
의연히 앞에 있다.
만족은 우자愚者나 성자聖者의 주관적 소유가 아니면
약자의 기대뿐이다.
만족은 언제든지 인생과 수적평행竪的平行이다. 나는
차라리 발꿈치를 돌려서 만족의 묵은 자취를 밟을까
하노라.

아아! 나는 만족을 얻었노라.
아지랑이 같은 꿈과 금실같은 환상이 님 계신
꽃동산에 들를 때에 아아! 나는 만족을 얻었노라.

하나가 되어주셔요

　님이여 나의 마음을 가져가려거든 마음을 가진
나한지* 가져 가셔요
　그리하여 나로 하야금 님에게서 하나가 되게 하셔요
　그렇지 아니하거든 나에게 고통만을 주지 마시고
님의 마음을 다 주셔요
　그리고 마음을 가진 님한지 나에게 주셔요
　그래서 님으로 하야금 나에게서 하나가 되게 하셔요
　그렇지 아니하거든 나의 마음을 돌려 보내 주셔요
　그리고 나에게 고통을 주셔요
　그러면 나는 나의 마음을 가지고 님의 주시는
고통을 사랑하겠습니다.

---

* 나한지 : 나를 함께

나의 길

　이 세상에는 길도 많기도 합니다.

　산에는 돍길이 있습니다 바다에는 뱃실이 있습니다.
공중에는 달과 별의 길이 있습니다.

　강가에서 낚시질하는 사람은 모래위에 발자취를
냅니다. 들에서 나물캐는 여자는 방초芳草를
밟습니다.

　악한 사람은 죄의 길을 좇어 갑니다.

　의義있는 사람은 옳은 일을 위하야는 칼날을
밟습니다.

　서산에 지는 해는 붉은 놀을 밟습니다.

　봄 아츰의 맑은 이슬은 꽃머리에서 미끄럼 탑니다.

　그러나 나의 길은 이 세상에 둘밖에 없습니다.

　하나는 님의 품에 안기는 길입니다.

　그렇지 아니하면 죽음의 품에 안기는 길입니다.

　그것은 만일 님의 품에 안기지 못하면 다른 길은
죽음의 길보다 험하고 괴로운 까닭입니다.

　아아 나의 길은 누가 내였습니까

　아아 이 세상에는 님이 아니고는 나의 길을 내일
수가 없습니다.

　그런데 나의 길을 님이 내였으면 죽음의 길은 왜
내셨을까요

2

나는 곧 당신이어요

당신이 아니더면

당신이 아니더면 포시럽고 매끄럽든 얼골이 웨
주름살이 잡혀요
당신이 기룹지만 않더면 언제까지라도 나는 늙지
아니할테여요
맨 첨에 당신에게 안기든 그때대로 있을 테여요

그러나 늙고 병들고 죽기까지라도 당신 때문이라면
나는 싫지 안하여요
나에게 생명을 주던지 죽음을 주던지 당신의
뜻대로만 하셔요
나는 곧 당신이여요

당신은

　당신은 나를 보면 웨 늘 웃기만 하서요. 당신의
찡그리는 얼골을 좀 보고 싶은데
　나는 당신을 보고 찡그리기는 싫어요. 당신은
찡그리는 얼골을 보기 싫어하실 줄을 압니다.
　그러나 떨어진 도화가 날어서 당신의 입설을 슬칠
때에, 나는 이마가 찡그려지는 줄도 모르고 울고
싶었습니다.
　그래서 금실로 수놓은 수건으로 얼골을 가렸습니다.

어데라도

아츰에 이러나서 세수하랴고 대야에 물을 떠다
놓으면, 당신은 대야안의 가는 물결이 되야서,
나의 얼골 그림자를 불쌍한 아기 처럼 얼러줍니다.
근심을 잊을까 하고 꽃동산에 거닐 때에, 당신은
꽃 새이를 슬펴오는 봄바람이 되야서, 시름없는 나의
머음에 꽃향기를 묻혀주고 갑니다.
당신을 기다리다 못하야 잠자리에 누었더니, 당신은
고요한 어둔 빛이 되야서, 나의 잔 부끄럼을 살뜰히도
덮어 줍니다.

어데라도 눈에 보이는 데마다 당신이 계시기에 눈을
감고 구름 위와 바다 밑을 찾아 보았습니다.
당신은 미소가 되어서 나의 마음에 숨었다가,
나의 감은 눈에 입맞추고 '네가 나를 보느냐'고
조롱합니다.

수繡의 비밀

나는 당신의 옷을 다 지어놓았습니다
심의*도 짓고 도포도 짓고 자리옷도 지었습니다
짓지 아니한 것은 적은 주머니에 수놓는 것뿐입니다

그 주머니는 나의 손때가 많이 묻었습니다
짓다가 놓아두고 짓다가 놓아두고 한 까닭입니다
다른 사람들은 나의 바느질 솜씨가 없는 줄로
알지마는 그러한 비밀은 나밖에는 아는 사람이
없습니다
나는 마음이 아프고 쓰린 때에 주머니에 수를
놓으랴면 나의 마음은 수놓는 금실을 따러서 바늘
구녕으로 들어가고, 주머니 속에서 맑은 노래가
나와서 나의 마음이 됩니다.
그리고 아즉 이 세상에는 그 주머니에 널 만한 무슨
보물이 없습니다.
이 적은 주머니는 짓기 싫어서 짓지 못하는 것이
아니라 짓고 싶어서 다 짓지 않는 것입니다.

---

* 심의深衣 : 높은 선비의 웃옷

사랑을 사랑하여요

　당신의 얼굴은 봄하늘의 고요한 별이어요
　그러나 찢어진 구름 사이로 돌아오는 반달 같은
얼굴 없는 것이 아닙니다.
　만일 어여쁜 얼굴만 사랑한다면, 왜 나의 배갯모에
달을 수놓지 않고 별을 수 놓아요.

　당신의 마음은 티없는 숫옥玉이어요. 그러나
곱기도 밝기도 굳기도, 보석 같은 마음이 없는 것이
아닙니다.
　만일 아름다운 마음만을 사랑한다면, 왜 나의
반지를 보석으로 아니하고 옥으로 만들어요.

　당신의 시詩는 봄비에 새로 눈트는 금결 같은
버들이어요.
　그러나 기름 같은 바다에 피어오르는 백합꽃 같은
시가 없는 것은 아닙니다.
　만일 좋은 문장만을 사랑한다면, 왜 내가 꽃을
노래하지 않고 버들을 찬미하여요.
　온세상 사람이 나를 사랑하지 아니할 때에,
당신만이 나를 사랑 하였습니다.
　나는 당신을 사랑하여요.나는 당신의 '사랑'을 사랑
하여요.

달을 보며

    달은 밝고 당신이 하도 기루었습니다.
    자던 옷을 고쳐입고 뜰에 나와 퍼지르고 앉아서
달을 한참 보았습니다.

    달은 차차차 당신의 얼골이 되더니 넓은 이마, 둥근
코, 아름다운 수염이 역력히 보입니다.
    간 해에는 당신의 얼골이 달로 보이더니 오늘밤에는
달이 당신의 얼골이 됩니다.

    당신의 얼골이 달이기에 나의 얼골도 달이
되었습니다.
    나의 얼골은 그믐달이 된 줄을 당신이 아십니까.
    아아 당신의 얼골이 달이기에 나의 얼골도 달이
되었습니다.

착인 錯認

　내려오셔요. 나의 마음이 자릿자릿하여요. 곧
내려오셔요.

　사랑하는 님이여, 어찌 그렇게 높고 가는 나뭇가지
위에서 춤을 추셔요.

　두 손으로 나뭇가지를 단단히 붙들고 고이고이
내려오셔요.

　에그, 저 나뭇잎새가 연꽃 봉오리 같은 입술을
스치겠네. 어서 내려오셔요.

　'네 네, 내려가고 싶은 마음이 잠자거나 죽은 것은
아닙니다마는, 나는 아시는 바와 같이 여러 사람의
님인 때문이어요. 향기로운 부르심을 거스르고자
하는 것이 아닙니다.'고 버들가지에 걸린 반달은
해죽해죽 웃으면서 이렇게 말하는 듯하였습니다.

　나는 작은 풀잎만치도 가림이 없는 발가벗은
부끄러움을 두 손으로 움켜쥐고 빠른 걸음으로
잠자리에 들어가서 눈을 감고 누웠습니다.

　내려오지 않는다던 반달이 사뿐사뿐 걸어와서
창밖에 숨어서 나의 눈을 엿봅니다.

　부끄럽던 마음이 갑자기 무서워서 떨려집니다.

진주

  언제인지 내가 바닷가에 가서 조개를 주웠지요.
당신은 나의 치마를 걷어주셨어요, 진흙 묻는다고.
  집에 와서는 나를 어린아기 같다고 하셨지요,
조개를 주워다가 장난한다고. 그리고 나가시더니,
금강석을 사다 주셨습니다, 당신이.

  나는 그때에 조개 속에서 진주를 얻어서 당신의
작은 주머니에 넣어드렸습니다.
  당신이 어디 그 진주를 가지고 계셔요,
  잠시라도 왜 남을 빌려주셔요.

의심하지 마셔요

의심하지 마셔요. 당신과 떨어져 있는 나에게
조금도 의심을 두지 마셔요
의심을 둔대야 나에게는 별로 관계가 없으나, 부질없이
당신에게 고통의 숫자만 더할 뿐입니다

나는 당신의 첫사랑의 팔에 안길때에, 온갖 거짓의
옷을 다 벗고, 세상에 나온 그대로의 발가벗은 몸을
당신의 앞에 놓았습니다. 지금까지도 당신의 앞에는
그때에 놓아둔 몸을 그대로 받들고 있습니다

만일 인위人爲가 있다면 '어찌 하여야 처음 마음을
변치 않고 끝끝내 거짓 없는 몸을 님에게 바칠꼬'하는
마음 뿐입니다.
당신의 명령이라면 생명의 옷까지도 벗겠습니다.

나에게 죄가 있다면 당신을 그리워하는 나의
'슬픔'입니다.
당신이 가실 때에 나의 입술에 수없이 입맞추고
'부디 나에게 대하여 슬퍼하지 말고 잘 있으라'고 한
당신의 간절한 부탁에 위반되는 까닭입니다.

그러나 그것만은 용서하여 주셔요.

당신을 그리워하는 슬픔은 곧 나의 생명인
까닭입니다.

만일 용서하지 아니하면, 후일에 그에 대한 벌을
풍우風雨의 봄 새벽의 낙화落花의 수數만치라도
받겠습니다.

당신의 사랑의 동아줄에 휘감기는 체형體刑도
사양치 않겠습니다.

당신의 사랑의 혹법酷法 아래에 일만 가지로
복종하는 자유형自由刑도 받겠습니다.

그러나 당신이 나에게 의심을 두시면 당신의 의심의
허물과 나의 슬픔의 죄를 맞비기고 말겠습니다.

당신에게 떨어져 있는 나에게 의심을 두지 마셔요.
부질없이 당신에게 고통의 숫자를 더하지 마셔요.

참아 주셔요

　나는 당신을 이별하지 아니할 수가 없습니다 님이여
나의 이별을 참아 주셔요
　당신은 고개를 넘어갈 때에 나를 돌아보지 마셔요
나의 몸은 한 작은 모래 속으로 들어가려 합니다.

　님이여. 이별을 참을 수가 없거든, 나의 죽음을 참아
주셔요
　나의 생명의 배는 부끄럼의 땀의 바다에서, 스스로
폭침爆沈하려 합니다. 님이여, 님의 입김으로 그것을
불어서 속히 잠기게 하여 주셔요 그리고 그것을 웃어
주셔요.

　님이여, 나의 죽음을 참을 수가 없거든 나를
사랑하지 말아 주셔요. 그리하고 나로 하여금 당신을
사랑할 수가 없도록 하여 주셔요.
　나의 몸은 터럭 하나도 빼지 아니한 채로 당신의
품에 사라지겠습니다.
　님이여, 당신과 내가 사랑의 속에서 하나가 되는
것을 참아 주셔요. 그리하여 당신은 나를 사랑하지
말고 나로 하여금 당신을 사랑할 수가 없도록 하여
주셔요. 오오, 님이여.

사랑의 끝판

　네 네, 가요, 지금 곧 가요.
　에그, 등불을 켜려다가 초를 거꾸로
꽂았습니다그려. 저를 어쩌나, 저 사람들이 숭보겠네.
　님이여, 나는 이렇게 바쁩니다. 님은 나를
게으르다고 꾸짖습니다. 에그, 저것 좀 보아, '바쁜
것이 게으른 것이다.' 하시네.
　내가 님의 꾸지람을 듣기로 무엇이 싫겠습니까.
다만 님의 거문고줄이 완급緩急을 잃을까 저어합니다.

　님이여, 하늘도 없는 바다를 거쳐서, 느릅나무
그늘을 지워버리는 것은 달빛이 아니라 새는
빛입니다.
　홰를 탄 닭은 날개를 움직입니다.
　마구에 매인 말은 굽을 칩니다.
　네 네, 가요, 이제 곧 가요.

비방

세상은 비방도 많고 시기도 많습니다.

당신에게 비방과 시기가 있을지라도 관심치 마셔요.

비방을 좋아하는 사람들은 태양에 흑점이 있는 것도 다행으로 생각합니다.

당신에게 대하여는 비방할 것이 없는 그것을 비방할는지 모르겠습니다.

조는 사자를 죽은 양이라 할지언정, 당신이 시련을 받기 위하야 도적에게 포로가 되았다고 그것을 비겁이라고 할 수는 없습니다.

달빛을 갈꽃으로 알고 흰 모래 위에서 갈마기를 이웃하여 잠자는 기러기를 음란하다고 할지언정, 정직한 당신이 교활한 유혹에 속혀서 청루青樓에 들어갔다고, 당신을 지조가 없다고 할 수는 없습니다.

당신에게 비방과 시기가 있을지라도 관심치 마셔요.

당신의 편지

　당신의 편지가 왔다기에 꽃밭 매던 호미를 놓고
떼어 보았습니다.
　그 편지의 글씨는 가늘고 글줄은 많으나 사연은
간단합니다
　만일 님이 쓰신 편지이면 글은 짧을지라도 사연은
길 터인데

　당신의 편지가 왔다기에 바느질 그릇을 치워놓고
떼어보았습니다.
　그 편지는 나에게 잘 있느냐고만 묻고 언제
오신다는 말은 조금도 없습니다.
　만일 님이 쓰신 편지이면 나의 일은 묻지 않더라도
언제 오신다는 말은 먼저 썼을 터인데.

　당신의 편지가 왔다기에 약을 달이다 말고 떼어
보았습니다.
　그 편지는 당신의 주소는 다른 나라의 군함입니다.
　만일 님이 쓰신 편지이면 남의 군함에 있는 것이
사실이라 할지라도 편지에는 군함에서 떠났다고
하였을 터인데.

당신의 마음

　나는 당신의 눈썹이 검고 귀가 갸름한 것도
보았습니다.
　그러나 당신의 마음을 보지 못하였습니다.
　당신이 사과를 따서 나를 주려고 크고 붉은 사과를
따로 살 때에 당신의마음이 그 사과 속으로 들어가는
것을 분명히 보았습니다.

　나는 당신의 둥근 배와 잔나비같은 허리를
보았습니다.
　그러나 당신의마음을 보지 못하였습니다.
　당신이 나의 사진과 어떤 여자의 사진을 들고 볼
때에 당신의 마음이 두 사진의 사이에서 초록빛이
되는 것을 분명히 보았습니다.

　나는 당신의 발톱이 희고 발꿈치가 둥근 것도
보았습니다.
　그러나 당신의 마음을 보지 못하였습니다.
　당신이 떠나시려고 나의 큰 보석반지를 주머니에
넣으실 때에 당신의 마음이 보석반지 너머로 얼굴을
가리고 숨는 것을 분명히 보았습니다.

님의 얼굴

 님의 얼굴을 '어여쁘다'고 하는 말은 적당한 말이
아닙니다
 어여쁘다는 말은 인간 사람의 얼굴에 대한 말이요,
님은 인간의 것이라고 할 수가 없을 만치 어여쁜
까닭입니다

 자연은 어찌하여 그렇게 어여쁜 님을 인간으로
보냈는지, 아무리 생각하여도 알 수가 없습니다
 알겠습니다 자연의 가운데에는 님의 짝이 될 만한
무엇이 없는 까닭입니다.

 님의 입술 같은 연꽃이 어디 있어요 님의 살빛 같은
백옥이 어디 있어요.
 봄 호수에서 님의 눈결 같은 잔물결을 보았습니까
아침볕에서 님의 미소 같은 방향芳香을 들었습니까
 천국의 음악은 님의 노래의 반향反響입니다
아름다운 별들은 님의 눈빛의 화현化現입니다
 아아 나는 님의 그림자여요
 님은 님의 그림자밖에는 비길만한 것이 없습니다
 님의 얼굴을 어여쁘다고 하는 말은 적당한 말이
아닙니다

님의 손길

　님의 사랑은 강철을 녹이는 불보다도 뜨거운데,
님의 손길은 너무 차서 한도限度가 없습니다.
　나는 이 세상에서 서늘한 것도 보고 찬 것도
보았습니다. 그러나 님의 손길같이 찬 것은 볼 수가
없습니다.

　국화 핀 서리 아침에 떨어진 잎새를 울리고 오는
가을바람도 님의 손길보다는 차지 못합니다.
　달이 작고 별에 뿔나는 겨울 밤에 얼음 위에 쌓인
눈도 님의 손길보다는 차지 못합니다.
　감로甘露와 같이 청량淸凉한 선사禪師의 설법說法도
님의 손길보다는 차지 못합니다.

　나의 작은 가슴에 타오르는 불꽃은 님의 손길이
아니고는 끄는 수가 없습니다.
　님의 손길의 온도를 측량할 만한 한란계는 나의
가슴밖에는 아무 데도 없습니다.
　님의 사랑은 불보다도 뜨거워서 근심 산山을 태우고
한恨바다를 말리는데 님의 손길은 너무도 차서 한도가
없습니다.

생명 生命

　닻과 치를 잃고 거친 바다에 표류된 작은 생명의
배는 아직 발견도 아니된 황금의 나라를 꿈꾸는 한
줄기 희망이 나침반이 되고 항로가 되고 순풍이
되야서 물결의 한 끝은 하늘을 치고 다른 물의 한 끝은
땅을 치는 무서운 바다에 배질합니다
　님이여, 님에게 바치는 이 적은 생명을 힘껏 껴안아
주세요.
　이 적은 생명이 님의 품에서 으서진다 하야도
환희의 영지에서 순정한 생명의 파편은 최귀最貴한
보석이 되어서 쪼각쪼각이 적당히 이어져서, 님의
가슴에 사랑의 훈장을 걸었습니다.
　님이여 끝없는 사막에 한 가지의 깃딜일 나무도
없는 적은 새인 나의 생명을 님의 가슴에 으서지도록
껴안아주세요
　그러고 부서진 생명의 쪼각쪼각에 입맞춰 주셔요.

고대

　당신은 나로 하여금 날마다 당신을 기다리게
합니다.

　해가 저물어 산 그림자가 촌집을 덮을 때에, 나는
기약 없는 기대를 가지고 마을 숲 밖으로 가서
기다리고 있습니다

　소를 몰고 오는 아이들의 풀피리는 제소리에 목
메입니다.

　먼, 나무로 돌아가는 새들은 저녁연기에
헤엄칩니다.

　숲들은 바람과의 유희를 그치고 잠잠히 섰습니다.
그것은 나에게 동정하는 표상입니다.

　시내를 따라 굽이친 모랫길이 어둠의 품에 안겨서
잠들 때에, 나는 고요하고 아득한 하늘의 긴 한숨의
사라진 자취를 남기고, 게으른 걸음으로 돌아옵니다.

　당신은 나로 하여금 날마다 날마다 당신을 기다리게
합니다.

　어둠의 입이 황혼의 엷은 빛을 삼킬 때에, 나는
시름없이 문 밖에 서서 당신을 기다리게 합니다.

　다시 오는 별들은 고운 눈으로 반가운 표정을
빛내면서 머리를 조아 다투어 인사합니다.

　풀 사이의 벌레들은 이상한 노래로, 백주白晝의

모든 생명의 전쟁을 쉬게 하는 평화의 밤을 공양供養
합니다.

　네모진 작은 못의 연잎 위에 발자취 소리를 내는
실없는 바람이 나를 조롱할 때에 나는 아득한 생각이
날카로운 원망으로 화합니다.

　당신은 나로 하여금 날마다 날마다 당신을 기다리게
합니다.

　일정한 보조로 걸어가는 사정없는 시간이 모든
희망을 채찍질하여 밤과 함께 돌아갈 때에, 나는
쓸쓸한 잠자리에 누워서 당신을 기다립니다.

　가슴 가운데의 저기압은 인생의 해안에 폭풍우를
지어서, 삼천 세계三千世界는 유실되었습니다.

　벗을 잃고 견디지 못하는 가엾은 잔나비는 정情의
삼림에서 저의 숨에 질식되었습니다.

　우주와 인생의 근본 문제를 해결하는 대철학은
눈물의 삼매三昧에 입정入廷되었습니다.

　나의 '기다림'은 나를 찾다가 못 찾고 저의 자신까지
잃어버렸습니다.

선사禪師의 설법

나는 선사禪師의 설법을 들었습니다.

'너는 사랑의 쇠사슬에 묶여서 고통을 받지말고
사랑의 줄을 끊어라. 그러면 너의 마음이
즐거우리라.'고 선사는 큰 소리로 말하였습니다.

그 선사는 어지간히 어리석습니다.

사랑의 줄에 묶인 것이 아프기는 아프지만 사랑의
줄을 끊으면 죽는 것보다도 더 아픈 줄을 모르는
말입니다.

사랑의 속박은 단단히 얽어 매는 것이 풀어주는
것입니다.

그러므로 대해탈大解脫은 속박에서 얻는 것입니다.

님이여, 나는 나를 얽은 님의 사랑의 줄이 약할까
봐서 나의 님을 사랑하는 줄을 곱드렸습니다.

길이 막혀

당신의 얼굴은 달도 아니언만
산 넘고 물 건너 나의 마음을 비춥니다.

나의 손길은 왜 그리 짧아서
눈 앞에 보이는 당신의 가슴을 못만지나요.

당신이 오기로 못올 것이 무엇이며
내가 가기로 못갈 것이 없지마는
산에는 사다리가 없고
물에는 배가 없어요

뉘라서 사다리를 떼고 배를 깨뜨렸습니까
나는 보석으로 사다리 놓고 진주로 배 모아요
오시려도 길이 막혀서 못오시는 당신이 기루어요[*]

---

[*] 기루어요 : 보고싶거나 만나고 싶은 마음이 간절하다

우리 님

대실로 비단 짜고
솔잎으로 바늘 삼어
만고청청萬古淸淨 수를 놓아
옷을 지어 두엇다가
어집어 해가 차거든
우리 님께 드리리라

3

이별은 미의 창조

그를 보내며

    그는 간다.그가 가고 싶어서 가는 것도 아니요. 내가
보내고 싶어서 보내는 것도 아니지만 그는 간다.
    그의 붉은 입설 흰 이 가는 눈썹이 어여쁜 줄만
알었더니 구름 같은 뒷머리 실버들 같은 허리
구슬같은 발꿈치가 보다도 아름답습니다.

    걸음이 걸음보다 멀어지더니 보이랴다 말고, 말랴다
보인다. 사람이 멀어질수록 마음은 가까워지고
    마음이 가까워질수록 사람은 멀어진다. 보이는 듯한
것이 그의 흔드는 수건인가 하였더니, 갈마기보다도
적은 쪼각구름이 난다.

이별

아아 사람은 약한 것이다, 여린 것이다, 간사한
것이다.

이 세상에는 진정한 사랑의 이별은 있을 수가 없는
것이다.

죽음으로 사랑을 바꾸는 님과 님에게야, 무슨
이별이 있으랴.

이별의 눈물은 물거품의 꽃이요, 도금한
금방울이다.

칼로 베인 이별의 키스가 어디 있느냐.

생명의 꽃으로 빚은 이별의 두견주杜鵑酒가 어디
있느냐.

피의 홍보석紅寶石으로 만든 이별의 기념반지가
어디 있느냐.

이별의 눈물은 저주의 마니주摩尼珠요, 거짓의
수정이다.

사랑의 이별은 이별의 반면에, 반드시 이별하는
사랑보다 더 큰 사랑이 있는 것이다.

혹은 직접의 사랑은 아닐지라도, 간접의 사랑이라도
있는 것이다.

다시 말하면, 이별하는 애인보다 자기를 더
사랑하는 것이다.
　만일 애인을 자기의 생명보다 더 사랑하면,
무궁無窮을 회전하는 시간의 수레바퀴에 이끼가
끼도록 사랑의 이별은 없는 것이다.

　아니다. 아니다. '참'보다도 참인 님의 사랑엔,
죽음보다도 이별이 훨씬 위대하다.
　죽음이 한 방울의 찬 이슬이라면, 이별은 일천
줄기의 꽃비다.
　죽음이 밝은 별이라면, 이별은 거룩한 태양이다.

　생명보다 사랑하는 애인을 사랑하기 위하여는 죽을
수가 없는 것이다.
　진정한 사랑을 위하여는 괴롭게 사는 것이
죽음보다도 더 큰 희생이다.
　이별은 사랑을 위하여 죽지 못하는 큰 고통이요,
보은이다.
　애인은 이별보다 애인의 죽음을 더 슬퍼하는
까닭이다.
　사랑은 붉은 촛불이나 푸른 술에만 있는 것이 아니라,

먼 마음을 서로 비추는 무형에도 있는 까닭이다.

그러므로 사랑하는 애인을 죽음에서 잊지 못하고, 이별에서 생각하는 것이다.

그러므로 사랑하는 애인을 죽음에서 웃지 못하고, 이별에서 우는 것이다.

그러므로 애인을 위하여는 이별의 원한을 죽음의 유쾌로 갚지 못하고, 슬픔의 고통으로 참는 것이다.

그러므로 사랑은 차마 죽지 못하고, 차마 이별하는 사랑보다 더 큰 사랑은 없는 것이다.

그리고 진정한 사랑은 곳이 없다.

진정한 사랑은 애인의 포옹만 사랑할 뿐만 아니라, 애인의 이별도 사랑하는 것이다.

그리고 진정한 사랑은 때가 없다. 진정한 사랑은 간단이 없어서 이별은 애인의 육뿐이요, 사랑은 무궁이다.

아아, 진정한 애인을 사랑함에는 죽음은 칼을 주는 것이요, 이별은 꽃을 주는 것이다.

아아, 이별의 눈물은 진이요 선이요 미다.

아아, 이별의 눈물은 석가요 모세요 잔다르크다.

당신 가신 때

　당신이 가실 때에 나는 시골에 병들어 누워서
이별의 키쓰도 못하였습니다
　그때는 가을바람이 츰으로* 나서 단풍이 한 가지에
두서너 잎이 붉었습니다

　나는 영원永遠의 시간時間에서 당신 가신 때를
끊어내겠습니다 그러면 시간은 두 도막이 납니다
　시간의 한 끝은 당신이 가지고 한끝은 내가
가졌다가 당신의 손과 나의 손과 마조 잡을 때에
가만히 이어놓겠습니다.

　그러면 붓대를 잡고 남의 불행한 일만을 쓰려고
기다리는 사람들도 당신의 가신 때는 쓰지 못할
것입니다.
　나는 영원의 시간에서 당신 가신 때를
끊어내겠습니다.

_____

* 츰으로 : 처음으로

떠날 때의 님의 얼골

꽃은 떨어지는 향기가 아름답습니다
해는 지는 빛이 곱습니다
노래는 목마친 가락이 묘합니다
님은 떠날 때의 얼골이 더욱 어여뿝니다.

떠난신 뒤에 나의 환상幻想의 눈에 비치는 님의
얼골은 눈물이 없는 눈으로는 바로 볼 수가 없을 만치
어여쁠 것입니다.
님의 떠날 때의 어여쁜 얼골을 나의 눈에
새기겠습니다.
님의 얼골은 나를 울리기에는 너무도 야속한
듯하지마는 님을 사랑하기 위하야는 나의 마음을
즐거
움게 할 수가 없습니다.
만일 그 어여쁜 얼골이 영원히 나의 눈을 떠난다면
그때의 슬픔은 우는 것보다도 아프겠습니다.

슬픔의 삼매三昧

    하늘의 푸른빛과 같이 깨끗한 죽음은 군동群動을
정화합니다.
    허무의 빛인 고요한 밤은 대지에 군림하였습니다.
    힘 없는 촛불 아래에 사리뜨리고 외로이 누워 있는
오오 님이여
    눈물의 바다에 꽃배를 띄웠습니다.
    꽃배는 님을 싣고 소리도 없이 가라앉았습니다.
    나는 슬픔의 삼매三昧에 '아공我空'이 되었습니다.

    꽃향기 무르녹은 안개에 취하여 청춘의 광야에
비틀걸음치는 미인이여.
    죽음을 기러기 털보다도 가볍게 여기고,
가슴에서 타오르는 불꽃을 얼음처럼 마시는 사랑의
광인狂人이여.
    아아 사랑에 병들어 자기의 사랑에게 자살을
권고하는 사랑의 실패자여.
    그대는 만족한 사랑을 받기 위하여 나의 팔에
안겨요.
    나의 팔은 그대의 사랑의 분신인 줄을 그대는 왜
모르셔요.

인과율 因果律

  당신은 옛맹세을 깨치고 가십니다
  당신의 맹세는 얼마나 참되었습니까 그 맹세를 깨치고 가는 이별은 믿을 수가 없습니다
  참 맹세를 깨치고 가는 이별은 옛 맹세로 돌아올 줄을 압니다 그것은 엄숙한 인과율 입니다
  나는 당신과 떠날때 입맞춘 입술이 미르기 전에 당신이 돌아와서 다시 입맞추기를 기다립니다

  그러나 당신의 가시는 것은 옛 맹세를 깨치려는 고의가 아닌줄 나는 압니다
  비록 당신이 지금은 이별을 영원히 깨치지 않는다 하여도 당신의 최후의 접촉을 받은 나의 입술을
  다른 남자의 입술에 댈수는 없습니다

거짓 이별

　당신과 나와 이별한 때가 언제인지 아십니까.

　가령 우리가 좋을 대로 말하는 것과 거짓 이별이라
할지라도 나의 입술이 당신의 입술에 닿지 못하는
것은 사실입니다.

　이 거짓 이별은 언제나 우리에게서 떠날 것인가요.

　한 해 두 해 가는 것이 얼마 아니 된다고 할 수
없습니다.

　시들어 가는 두 볼의 도화가 무정한 봄바람에 몇
번이나 스쳐서 낙화가 될까요.

　회색이 되어 가는 두 귀 밑의 푸른 구름이, 쪼이는
가을 볕에 얼마나 바래서 백설이 될까요.

　머리는 희어가도 마음은 붉어 갑니다.

　피는 식어가도 눈물은 더워 갑니다.

　사랑의 언덕엔 사태가 나도 희망의 바다엔 물결이
뛰놀아요.

　이른바 거짓 이별이 언제든지 우리에게서 떠난
줄만은 알아요.

　그러나 한 손으로 이별을 가지고 가는 날은 또 한
손으로 죽음으로 가지고 와요.

당신을 보았습니다

당신이 가신 뒤로 나는 당신을 잊을 수가 없습니다.
까닭은 당신을 위하느니보다 나를 위함이 많습니다.

나는 갈고 심을 땅이 없으므로 추수秋收가 없습니다.
저녁거리가 없어서 조나 감자를 꾸러 이웃집에
갔더니, 주인은 "거지는 인격이 없다. 인격이 없는
사람은 생명이 없다. 너를 도와주는 것은 죄악이다"고
말하였습니다.
그 말을 듣고 돌아 나올 때에 쏟아지는 눈물 속에서
당신을 보았습니다.
나는 집도 없고 다른 까닭을 겸하여 민적民籍이
없습니다.
'민적 없는 자는 인권이 없다. 인권이 없는 너에게
무슨 정조냐?'하고 능욕하려는 장군이 있었습니다.
그를 항거한 뒤에 남에게 대한 격분이 스스로의
슬픔으로 화化하는 찰나에 당신을 보았습니다.
아아, 온갖 윤리, 도덕, 법률은 칼과 황금을
제사지내는 연기煙氣인 줄을 알았습니다.
영원의 사랑을 받을까 인간역사의 첫 페이지에
잉크칠을 할까 술을 마실까 망설일 때에 당신을
보았습니다.

이별은 미의 창조

　이별은 미의 창조입니다.
　이별의 미는 아침의 바탕質없는 황금과 밤의
올絲없는 검은 비단과 죽음 없는 영원의 생명과
시들지 않는 하늘의 푸른 꽃에도 없습니다.
　님이여 이별이 아니면 나는 눈물에서 죽었다가
웃음에서 다시 살어날 수가 없습니다. 오오 이별이여
　미美는 이별의 창조創造입니다.

나는 잊고저

남들은 님을 생각한다지만
나는 님을 잊고저 하야요.
잊고저 할수록 생각하기로
행여 잊힐까 하고 생각하야 보았습니다.

잊으려면 생각하고
생각하면 잊히지 아니하니
잊도 말고 생각도 말어 볼까요.
잊든지 생각든지 내버려두어 볼까요.
그러나 그리도 아니되고
끊임없는 생각생각에 님뿐인데 어찌하여요.

구태여 잊으랴면
잊을 수가 없는 것은 아니지만
잠과 죽음뿐이기로
님 두고는 못하야요.

아아 잊히지 않는 생각보다
잊고저 하는 그것이 더욱 괴롭습니다.

여름밤이 길어요

　당신이 계실 때에는 겨울밤이 짧더니, 당신이 가신
뒤로는 여름밤이 길어요.
　책력의 내용이 그릇되었나 하였더니, 개똥불이
흐르고 벌레가 웁니다.
　긴 밤은 어디서 오고, 어디로 가는 줄을 분명히
알았습니다.
　긴 밤은 근심 바다의 첫물결에서 나와서, 슬픈
음악이 되고 아득한 사막이 되더니 필경 절벽의 성
너머로 가서 악마의 웃음 속으로 들어갑니다.

　그러나 당신이 오시면, 나는 사랑의 칼을 가지고 긴
밤을 베어서 일천 토막을 내겠습니다.
　당신이 계실 때에는 겨울밤이 짧더니, 당신이 가신
뒤로는 여름밤이 길어요.

꽃싸움

　당신은 두견화를 심으실 때에 '꽃이 피거든
꽃싸움하자'고 나에게 말하였습니다.
　꽃은 피어서 시들어가는데 당신은 옛 맹세를
잊으시고 아니 오십니까.

　나는 한 손에 붉은 꽃수염을 가지고 한 손에 흰
꽃수염을 가지고 꽃싸움을 하여서 이기는 것은
당신이라 하고 지는 것은 내가 됩니다.
　그러나 정말로 당신을 만나서 꽃싸움을 하게 되면
나는 붉은 꽃수염을 가지고 당신은 흰 꽃수염을
가지게 합니다.
　그러면 당신은 나에게 번번히 지십니다
　그것은 내가 이기기를 좋아하는 것이 아니라 당신이
나에게 지기를 기뻐하는 까닭입니다.
　번번히 이긴 나는 당신에게 우승의 상을 달라고
조르겠습니다.
　그러면 당신은 빙긋이 웃으며 나의 뺨에
입맞추겠습니다.
　꽃은 피어서 시들어가는데 당신은 옛 맹서를
잊이시고 아니 오십니다.

사랑의 측량

　즐겁고 아름다운 일은 양이 많을수록 좋은
것입니다.
　그런데 당신의 사랑은 양이 적을수록 좋은가 봐요.
　당신의 사랑은 당신과 나와 두 사람의 사이에 있는
것입니다.
　사랑의 양을 알려면, 당신과 나의 거리를 측량할 수
밖에 없습니다.
　그래서 당신과 나의 거리가 멀면 사랑의 양이 많고,
거리가 가까우면 사량의 양이 적을 것입니다.
　그런데 적은 사랑은 나를 웃기더니, 많은 사랑은
나를 울립니다.

　뉘라서 사람이 멀어지면, 사랑도 멀어진다고
하여요.
　당신이 가신 뒤로 사랑이 멀어졌으면, 날마다
날마다 나를 울리는 것은 사랑이 아니고 무엇이어요.

눈물

　내가 본 사람 가운데는 눈물을 진주라고 하는
사람처럼 미친 사람은 없습니다.
　그 사람은 피를 홍보석紅寶石이라고 하는
사람보다도 더 미친 사람입니다.
　그것은 연애에 실패하고 흑암黑闇의 기로에서
헤매는 늙은 처녀가 아니면 신경이 기형적으로 된
시인의 말입니다.
　만일 눈물이 진주라면 님의 신물信物로 주신 반지를
내놓고는 세상의 진주라는 진주는 다 티끌 속에 묻어
버리겠습니다.
　나는 눈물로 장식한 옥패를 보지 못하였습니다.
　나는 평화의 잔치에 눈물의 술을 마시는 것을 보지
못하였습니다.
　내가 본 사람 가운데는 눈물을 진주라고 하는
사람처럼 어리석은 사람은 없습니다.

　아니어요, 님의 주신 눈물은 진주 눈물이어요.
　나는 나의 그림자가 나의 몸을 떠날 때까지 님을
위하여 진주 눈물을 흘리겠습니다.
　아아, 나는 날마다 날마다 눈물의 선경仙境에서
한숨의 옥적玉笛을 듣습니다.

나의 눈물은 백천百千줄기라도 방울방울이
창조입니다.

눈물의 구슬이여, 한숨의 봄바람이여, 사랑의
성전을 장엄하는 무등등無等等의 보물이여.
아아, 언제나 공간과 시간을 눈물로 채워서 사랑의
세계를 완성할까요.

생의 예술

　모르는 결에 쉬어지는 한숨은 봄바람이 되어서,
야윈 얼굴을 비치는 거울에 이슬꽃을 핍니다.
　나의 주위에는 화기和氣라고는 한숨의 봄바람밖에는
아무 것도 없습니다.
　하염없이 흐르는 눈물은 수정이 되어서, 깨끗한
슬픔의 성경聖境을 비칩니다.
　나는 눈물의 수정이 아니면, 이 세상에
보물이라고는 하나도 없습니다.

　한숨의 봄바람과 눈물의 수정은, 떠난 님을
그리워하는 정의 추수입니다.
　저리고 쓰린 슬픔은 힘이 되고 열이 되어서, 어린
양과 같은 작은 목숨을 살아 움직이게 합니다.
　님이 주시는 한숨과 눈물은 아름다운 생의
예술입니다

4

사랑의 꿈에서
불멸을 얻겠습니다

꿈이라면

사랑의 속박이 꿈이라면
출세의 해탈도 꿈입니다.
웃음과 눈물이 꿈이라면
무심無心의 광명도 꿈입니다.
일체 만법이 꿈이라면
사랑의 꿈에서 불멸을 얻겠습니다.

나의 꿈

　당신이 맑은 새벽에 나무 그늘 사이에서 산보할
때에, 나의 꿈은 작은 별이 되어서 당신의 머리 위에
지키고 있겠습니다.
　당신이 여름날에 더위를 못 이기어 낮잠을 자거든,
나의 꿈은 맑은 바람이 되어서 당신의 주위에
떠돌겠습니다.
　당신이 고요한 가을밤에 그윽히 앉아서 글을 볼
때에, 나의 꿈은 귀뚜라미가 되어서 책상 밑에서
'귀뚤귀뚤' 울겠습니다.

낙원은 가시덤불에서

　죽은 줄 알았던 구슬같은 꽃망울을 맺혀 주는
쇠잔한 눈 위에 가만히 오는 봄기운은 아름답기도
합니다.
　그러나 그밖에 다른 하늘에서 오는 알 수 없는
향기는 모든 꽃의 죽음을 가지고 다니는 쇠잔한 눈이
주는 줄을 아십니까.

　구름은 가늘고 시냇물은 얇고 가을산은 비었는데,
파리한 바위 사이에 실컷 붉은 단풍은 곱기도 합니다.
　그러나 단풍은 노래도 부르고 울음도 웁니다.
그러한 '자연의 인생'은 가을바람의 꿈을 따라
사라지고 기억에만 남아있는, 지난 여름의 무르녹은
녹음이 주는 줄을 아십니까.

　일경초一莖草가 장육금신丈六金身이 되고,
장금육신이 일경초가 됩니다.
　천지는 한 보금자리요 만유萬有는 같은
소조小鳥입니다.
　나는 자연의 거울에 인생을 비춰 보았습니다.
　고통의 가시덤불 뒤에, 환희의 낙원을 건설하기
위하여 님을 떠난, 나는 아아 행복입니다.

참말인가요

그것이 참말인가요. 님이여, 속임없이 말씀하여
주셔요.

당신을 나에게서 빼앗아간 사람들이 당신을 보고
'그대는 님이 없다'고 하였다지요.

그래서 당신은 남모르는 곳에서 울다가, 남이 보면
울음이 웃음으로 변한다지요.

사람의 우는 것은 견딜 수가 없는 것인데, 울기조차
마음대로 못하고, 웃음으로 변하는 것은 죽음의
맛보다 더 쓴 것입니다.

그러면 나는 그것을 변명하지 않고는 견딜 수가
없습니다.

나의 생명의 꽃가지를 있는 대로 꺾어서 화환을
만들어 당신의 목에 걸고, '이것이 님의 님이라'고
소리쳐 말하겠습니다.

그것이 참말인가요. 님이여, 속임없이 말씀하여
주셔요.

당신을 나에게서 빼앗아간 사람들이 당신을 보고,
'그대의 님은 우리가 구하여 준다'고 하였다지요.

그래서 당신은 '독신 생활을 하겠다'고 하였다지요.

그러면 나는 그들에게 분풀이를 하지 않고는 견딜
수가 없습니다.

많지 않는 나의 피를 더운 눈물에 섞어서, 피에
목마른 그들의 칼에 뿌리고, '이것이 님의 님이라'고
울음 섞어서 말하겠습니다.

잠 없는 꿈

나는 어느 날 밤에 잠 없는 꿈을 꾸었습니다
'나의 님은 어데 있어요. 나는 님을 보러
가겠습니다. 님에게 가는 길을 가져다가 나에게
주서요 검이여'
'너의 가랴는 길은 너의 님의 오랴는 길이다. 그
길을 가져다 너에게 주면, 너의 님은 올 수가 없다'
'내가 가기만 하면 님은 아니 와도 관계가
없습니다.'
'너의 님의 오려는 길을 너에게 갖다 주면 너의 님은
다른 길로 오게 된다. 네가 간대도 너의 님을 만날
수가 없다.'
'그러면 그 길을 가져다가 나의 님에게 주서요'
'너의 님에게 주는 것이 너에게 주는 것과 같다.
사람마다 저의 길이 각각 있는 것이다.'
'그러면 어찌하여야 이별한 님을 만나보겠습니까'
'네가 너를 가져다가 너의 가려는 길에 주어라.
그리하고 쉬지 말고 가거라'
'그리할 마음은 있지마는 그 길에는 고개도 많고
물도 많습니다. 갈 수가 없습니다.'
곰운 '그러면 너의 님을 너의 가슴에 안겨주마'하고
나의 님을 나에게 안겨주었습니다.

83

나는 나의 님을 힘껏 껴안었습니다

　나의 팔이 나의 가슴을 아프도록 다칠 때에, 나의
두 팔에 베혀진 허공虛空은 나의 팔을 뒤에 두고
이어졌습니다.

꿈과 근심

밤근심이 하 길기에
꿈도 길 줄 알았더니
님을 보러 가는 길에
반도 못 가서 깨었고나.

새벽 꿈이 하 쩌르기에
근심도 쩌를 줄 알았더니
근심에서 근심으로
끝 간 데를 모르겠다.

만일 님에게도
꿈과 근심이 있거든
차라리 근심이 꿈 되고 꿈이 근심 되어라.

꽃이 먼저 알아

옛집을 떠나서 다른 시골에 봄을 만났습니다.

꿈은 이따금 봄바람을 따라서 아득한 옛터에 이릅니다.

지팡이는 푸르고 푸른 풀빛에 묻혀서 그림자와 서로 따릅니다.

길가에서 이름도 모르는 꽃을 보고서 행여 근심을 잊을까 하고 앉았습니다.

꽃송이에는 아침 이슬이 아직 마르지 아니한가 하였더니, 아아 나의 눈물이 떨어진 줄이야 꽃이 먼저 알았습니다.

우는 때

꽃 핀 아침, 달 밝은 저녁 비 오는 밤, 그때가 가장 님 그리운 때라고 남들은 말합니다.

나도 같은 고요한 때로는 그때에 많이 울었습니다.

그러나 나는 여러 사람이 모여서 말하고 노는 때에, 더 울게 됩니다.

님 있는 여러 사람들은 나를 위로하야 좋은 말을 합니다마는, 나는 그들의 위로하는 말을 조소로 듣습니다.

그때에는 울음을 삼켜서 눈물을 속으로 창자를 향하여 흘립니다.

밤은 고요하고

밤은 고요하고 밤은 물로 시친 듯합니다.

이불은 개인 채로 옆에 놓아두고 화롯불을
다듬거리고 앉았습니다.

밤은 얼마나 되얐는지 화롯불은 꺼져서 찬 재가
되얐습니다.

그러나 그를 사랑하는 나의 마음은 오히려 식지
아니하였습니다.

닭의 소리가 채 나기 전에 그를 만나서 무슨 말을
하였는데, 꿈조차 분명치 않습니다그려,

거문고 탈 때

　달 아래에서 거문고를 타기는 근심을 잊을까
함이러니, 츰곡조가 끝나기 전에 눈물이 앞을 가려서
밤은 바다가 되고 거문고 줄은 무지개가 됩니다
　거문고 소리가 높았다가 가늘고 가늘다가 높을 때에
당신은 거문고 줄에서 그네를 뜁니다.
　마지막 소리가 바람을 따라서 느티나무 그늘로
사라질 때에 당신은 나를 힘없이 보면서 아득한 눈을
감습니다.
　아아 당신은 사라지는 거문고 소리를 따라서 아득한
눈을 감습니다.

요술 妖術

  가을 홍수가 작은 시내의 쌓인 낙엽을 휩쓸어
가듯이, 당신은 나의 환락의 마음을 빼앗아
갔습니다 나에게 남은 마음은 고통뿐입니다.
  그러나 나는 당신을 원망할 수는 없습니다.
당신이 가기 전에는 나의 고통의 마음을 빼앗아 간
까닭입니다.
  만일 당신이 환락의 마음과 고통의 마음을 동시에
빼앗아 간다 하면, 나에게는 아무 마음도 없겠습니다.

  나는 하늘의 별이 되어서 구름의 면사로 낯을
가리고 숨어 있겠습니다.
  나는 바다의 진주가 되었다가, 당신의 구두에
단추가 되겠습니다.
  당신이 만일 별과 진주를 따서 게다가 마음을 넣어
다시 당신의 님을 만든다면, 그때에는 환락의 마음을
넣어 주셔요.
  부득이 고통의 마음을 넣어야 하겠거든, 당신의
고통을 빼어다가 넣어 주셔요.
  그리고 마음을 빼앗아 가는 요술은 나에게는 가르쳐
주지 마셔요.
  그러면 지금의 이별이 사랑의 최후는 아닙니다

명상

아득한 명상의 작은 배를 타고 가이없이 출렁거리는
달빛의 물결에 표류되어 멀고 먼 별나라를 넘고 또
넘어서 이름도 모르는 나라에 이르렀습니다.
이 나라에는 어린 아기의 미소와 봄 아침과
바다소리가 합하여
사람이 되었습니다.
이 나라 사람은 옥쇄의 귀한 줄도 모르고, 황금이
밟고 다니는 미인의 청춘을 사랑할 줄도 모릅니다.
이 나라 사람은 웃음을 좋아하고, 푸른 하늘을
좋아합니다.

명상의 배를 이 나라의 궁전에 매었더니, 이 나라
사람들은 나의 손을 잡고 같이 살자고 합니다.
그러나 나는 님이 오시면, 그의 가슴에 천국을
꾸미려고 돌아왔습니다.
달빛의 물결은 흰 구름을 머리에 이고, 춤추는 어린
풀의 장단을 맞추어 우쭐거립니다.

잠꼬대

"사랑이라는 것은 다 무엇이냐. 진정한 사람에게는
눈물도 없고 웃음도 없는 것이다."
사랑의 뒤웅박을 발길로 차서 깨뜨려버리고 눈물과
웃음을 티끌 속에 합장合掌을 하여라.
이지와 감정을 두드려 깨쳐서 가루로 만들어버려라.
그러고 허무의 절정에 올라가서 어지럽게 춤추고
미치게 노래하여라.
그러고 애인과 악마를 똑같이 술을 먹여라.
그러고 천치가 되든지 미치광이가 되든지 산송장이
되든지 하여버려라.
그래, 너는 죽어도 사랑이라는 것은 버릴 수가 없단
말이냐.
그렇거든 사랑의 꽁무니에 도롱태*를 달아라.
그래서 네 멋대로 끌고 돌아다니다가, 쉬고 싶거든
쉬고, 자고 싶거든 자고, 살고 싶거든 살고 죽고
싶거든 죽어라.
사랑의 발바닥에 말목을 쳐놓고 붙들고 서서 엉엉
우는 것은 우스운 일이다.
이 세상에는 이마빼기에다 '님'이라고 새기고

---

* 도롱태 : 사람이 밀거나 끄는 나무수레

다니는 사람은 하나도 없다.

"연애는 절대 자유요, 정조는 유동流動이요,
결혼식장은 임간林間이다."

나는 잠결에 큰 소리로 이렇게 부르짖었다.

아아, 혹성惑星같이 빛나는 님의 미소는 흑암黑巖이
광선光宣에서 채 사라지지 아니하였습니다.

잠의 나라에서 몸부림치던 사랑의 눈물은 어느덧
베개를 적셨습니다.

용서하여요, 님이여, 아무리 잠이 지은 허물이라도
님이 벌을 주신다면 그 벌을 잠을 주기는 싫습니다.

꿈 깨고서

님이며는 나를 사랑하련마는 밤마다 문 밖에 와서
발자취 소리만 내고 한 번도 들어오지 아니하고 도로
가니, 그것이 사랑인가요.
그러나 나는 발자취나마 님의 문 밖에 가본 적이
없습니다.
아아 사랑은 님에게만 있나봐요

아아 발자취 소리나 아니더면 꿈이나 아니
깨였으련마는 꿈은 님을 찾어 가라고 구름을
탔었어요.

5

당신은
나의 꽃밭으로
오셔요

후회

　당신이 계실 때에 알뜰한 사랑을 못하였습니다.
　사랑보다 믿음이 많고, 즐거움보다 소심이
더하였습니다.
　게다가 나의 성격이 냉담하고 더구나 가난에
쫓겨서,
　병들어 누운 당신에게 도리어 소홀하였습니다.
　그러므로 당신이 가신 뒤에 떠난 근심보다 뉘우치는
눈물이 많습니다.

비

　비는 가장 큰 권위權威를 가지고 가장 좋은
기회機會를 줍니다
　비는 해를 가리고 하늘을 가리고 세상사람의 눈을
가립니다.
　그러나 비는 번개와 무지개를 가리지 않습니다.

　나는 번개가 되야 무지개를 타고 당신에게 가서
사랑의 팔에 감기고자 합니다
　비 오는 날 가만히 가서 당신의 침묵을 가져온대도
당신의 주인은 알 수가 없습니다.

　만일 당신이 비 오는 날에 오신다면 나는 연잎으로
윗옷을 지어서 보내겠습니다.
　당신이 비 오는 날에 연잎 옷을 입고 오시면 이
세상에는 알 사람이 없습니다.
　당신이 비 가온데로 가만히 오서서 나의 눈물을
가져가신대도 영원한 비밀이 될 것입니다.
　비는 가장 큰 권위를 가지고 가장 좋은 기회를
줍니다.

오셔요

오셔요, 당신은 오실 때가 되었어요, 어서 오셔요.
당신은 당신의 오실 때가 언제인지 아십니까.
당신의 오실 때는 나의 기다리는 때입니다.

당신은 나의 꽃밭으로 오셔요. 나의 꽃밭에는
꽃들이 피어 있습니다.
만일 당신을 쫓아오는 사람이 있으면 당신은
꽃속으로 들어가서 숨으십시오.
나는 나비가 되어서 당신 숨은 꽃 위에 가서
앉겠습니다.
그러면 쫓아오는 사람이 당신을 찾을 수는
없습니다.
오셔요, 당신은 오실 때가 되었습니다, 어서 오셔요.

당신은 나의 품으로 오셔요. 나의 품에는 안에
보드라운 가슴이 있습니다.
만일 당신을 쫓아오는 사람이 있으면 당신은 머리를
숙여서 나의 가슴에 대십시오.
나의 가슴은 당신이 만질 때에는 물같이
보드랍지만, 당신의 위험을 위하여는 황금의 칼도
되고, 강철방패도 됩니다.

나의 가슴은 말굽에 밟힌 낙화가 될지언정 당신의
머리가 나의 가슴에서 떨어질 수는 없습니다.
　그러면 쫓아오는 사람이 당신에게 손을 댈 수는
없습니다.
　오셔요, 당신은 오실 때가 되었습니다, 어서 오셔요.

　당신은 나의 죽음 속으로 오셔요. 죽음은 당신을
위하여 준비가 언제든지 되어 있습니다.
　만일 당신을 쫓아오는 사람이 있으면 당신은 나의
죽음의 뒤에 서십시오.
　죽음은 허무와 만능萬能이 하나입니다.
　죽음의 사랑은 무한인 동시에 무궁입니다.
　죽음의 앞에서 군함軍艦과 포대砲臺가 티끌이
됩니다.
　죽음의 앞에는 강자와 약자가 벗이 됩니다.
　그러면 쫓아오는 사람이 당신을 잡을 수는
없습니다.
　오셔요, 당신은 오실 때가 되었습니다. 어서 오셔요.

찬송

님이여, 당신은 백번이나 단련한 금金결입니다.
뽕나무 뿌리가 산호가 되도록 천국의 사랑을
받읍소서.
님이여, 사랑이여, 아침 볕의 첫걸음이여.

님이여, 당신은 의義가 무거웁고 황금이 가벼운
것을 잘 아십니다.
거지의 거친 밭에 복의 씨를 뿌리옵소서.
님이여, 사랑이여, 옛 오동의 숨은 소리여.

님이여, 당신은 봄과 광명과 평화를 좋아하십니다.
약자의 가슴에 눈물을 뿌리는 자비의 보살이
되옵소서.
님이여, 사랑이여, 얼음 바다에 봄바람이여

정천 한해 情天 恨海

가을하늘이 높다기로
정情하늘을 따를소냐.
봄바다가 깊다기로
한恨바다만 못하리라.

높고 높은 정情하늘이
싫은 것은 아니지만
손이 낮아서
오르지 못하고,
깊고 깊은 한恨바다가
병 될 것은 없지마는
다리가 쩔러서
건느지 못한다.

손이 자라서 오를 수만 있으면
정情하늘은 높을수록 아름답고
다리가 길어서 건늘 수만 있으면
한恨바다는 깊을수록 묘하니라.

만일 정情하늘이 무너지고 한恨바다가 마른다면
차라리 정천情天에 떨어지고 한해恨海에 빠지리라.

아아 정情하늘이 높은 줄만 알았더니
님의 이마보다는 낮다.
아아 한恨바다가 깊은 줄만 알었더니
님의 무릎보다는 옅다.

손이야 낮든지 다리야 짧든지
정情하늘에 오르고 한恨바다를 건너려면
님에게만 안기리라.

계월향桂月香에게

　계월향이여, 그대는 아리따웁고 무서운 최후의
미소를 거두지 아니한 채로 대지大地의 침대에
　잠들었습니다
　나는 그대의 다정多情을 슬퍼하고 그대의 무정無情을
사랑합니다

　대동강에 낚시질하는 사람은 그대의 노래를 듣고,
모란봉에 밤놀이하는 사람은 그대의 얼굴을 봅니다.
　아이들은 그대의 산 이름을 외우고, 시인은 그대의
죽은 그림자를 노래합니다.

　사람은 반드시 다하지 못한 한恨을 끼치고 가게 되는
것이다.
　그대는 남은 한이 있는가 없는가 있다면 그 한은
무엇인가. 그대는 하고 싶은 말을 하지 않습니다.

　그대의 붉은 한恨은 현란한 저녁놀이 되어서 하늘
길을 가로막고 황량한 떨어지는 날을 돌이키고자
합니다.

　그대의 푸른 근심은 드리고 드린 버들실이 되어서,

꽃다운 무리를 뒤에 두고 운명의 길을 떠나는
 저문 봄을 잡아매려 합니다.

 나는 황금의 소반에 아침볕을 받치고
매화梅花가지에 새 봄을 걸어서 그대의 잠자는 곁에
가만히 놓아 드리겠습니다.
 자 그러면 속하면 하룻밤, 더디면 한겨울 사랑하는
계월향이여.

금강산

만 이천 봉萬二千峰! 무양無恙하냐. 금강산아.
너는 너의 님이 어디서 무엇을 하는지 아느냐.
너의 님은 너 때문에 가슴에서 타오르는 불꽃에,
온갖 종교, 철학, 명예, 재산 그 외에도 있으면
있는대로 태워 버리는 줄을 너는 모르리라.

너는 꽃에 붉은 것이 너냐
너는 잎에 푸른 것이 너냐
너는 단풍에 취한 것이 너냐
너는 백설白雪에 깨인 것이 너냐

너는 너의 침묵을 잘 안다.
너는 철모르는 아이들에게 종작없는 찬미를
받으면서 시쁜 웃음을 참고 고요히 있는 줄을 나는 잘
안다.

그러나 너는 천당이나 지옥이나 하나만 가지고
있으려무나
꿈없는 잠처럼 깨끗하고 단순하단 말이다.
나도 짧은 갈궁이로 강 건너의 꽃을 꺾는다고
큰말 하는 미친 사람은 아니다 그래서 침착하고

단순하려고 한다.

나는 너의 입김에 불려오는 조각구름에 키스한다.

만 이천 봉! 무양하나 금강산아.

너는 너의 님이 어디서 무엇을 하는지 모르지.

타고르의 시
GARDENISTO를 읽고

듣는 벗이여, 나의 벗이여. 애인의 무덤위에
피어있는 꽃처럼 나를 울리는 벗이여.

작은 새의 자취도 없는 사막의 밤에 문득 만난
님처럼 나를 기쁘게 하는 벗이여.

그대는 옛 무덤을 깨치고 하늘까지 사무치는
백골白骨의 향기입니다.

그대는 화환을 만들려고 떨어진 꽃을 꽃을 줍다가
다른 가지에 걸려서 주은 꽃을 헤치고 부르는 절망인
희망의 노래입니다.

벗이여, 깨어진 사랑에 우는 벗이여.

눈물의 능히 떨어진 꽃을 옛 가지에 도로 피게
할수는 없습니다.

눈물이 떨어진 꽃에 뿌리지 말고 꽃나무 밑에
티끌에 뿌리셔요.

벗이여, 나의 벗이여.

죽음의 향기가 아무리 좋다 하여도 백골의 입술에
입맞출 수는 없습니다.

그의 무덤을 황금의 노래로 그물치지 마셔요. 무덤
위에 피 묻은 깃대를 세우셔요.

그러나, 죽은 대지가 시인의 노래를 거쳐서
움직이는 것을 봄바람은 말합니다.

벗이여, 부끄럽습니다. 나는 그대의 노래를 들을
때에 어떻게 부끄럽고 떨리는지 모르겠습니다.
그것은 내가 나의 님을 떠나 홀로 그 노래를
까닭입니다.

논개論介의 애인이 되어 그의 묘에

　날과 밤으로 흐르고 흐르는 남강은 가지 않습니다.
　바람과 비에 우두커니 섰는 촉석루는 살 같은
광음을 따라서 달음질칩니다.
　논개여 나에게 울음과 웃음을 동시에 주는 사랑하는
논개여
　그대는 조선의 무덤 가운데 피었던 좋은 꽃의
하나이다.그래서 그 향기는 썩지 않는다.
　나는 시인으로 그대의 애인이 되었노라
　그대는 어디 있느뇨 죽지않은 그대가 이 세상에는
없구나

　나는 황금의 칼에 베어진 꽃과 같이 향기롭고
애처로운 그대의 당년當年을 회상한다
　술 향기에 목마친 고요한 노래는 옥獄에 묻힌 썩은
칼을 울렸다.
　춤추는 소매를 안고 도는 무서운 찬바람은
귀신鬼神나라의 꽃수풀을 거쳐서 떨어지는 해를
얼렸다.
　가냘픈 그대의 마음은 비록 침착하였지만 떨리는
것보다도 더욱 무서웠다.
　아름답고 무독無毒한 그대의 눈은 비록 웃었지만

우는 것보다도 더욱 슬펐다.

붉은 듯하다가 푸르고 푸른 듯하다가 희어지며
가늘게 떨리는 그대의 입술은 웃음의 조운朝雲이나,
울음의 모우暮雨이나, 새벽달의 비밀이나, 이슬꽃의
상징이나,
빠비 같은 그대의 손에 꺾이지 못한 낙화대落花臺의
남은 꽃은 부끄럼에 취하여 얼굴이 붉었다.
옥 같은 그대의 발꿈치에 밟히운 강 언덕의 묵은
이끼는 교긍驕矜에 넘쳐서 푸른 사롱紗籠으로 자기의
제명題名을 가리었다.

아아, 나는 그대도 없는 빈 무덤같은 집을 그대의
집이라고 부릅니다.
만일 이름뿐이나마 그대의 집도 없으면 그대의
이름을 불러 볼 기회가 없는 까닭입니다.

나는 꽃을 사랑합니다마는 그대의 집에 피어 있는
꽃을 꺾을 수는 없습니다.
그대의 집에 피어 있는 꽃을 꺾으려면 나의 창자가
먼저 꺾여지는 까닭입니다.

나는 꽃을 사랑합니다마는 그대의 집에 꽃을 심을
수는 없습니다. 그대의 집에 꽃을 심으려면 나의
가슴에 가시가 먼저 심어지는 까닭입니다.

용서하셔요 논개여 금석金石같은 굳은 언약을
저버린 것은 그대가 아니요 나입니다.
용서하셔요 논개여 쓸쓸하고 호젓한 잠자리에
외로이 누워서 끼친 한恨에 울고 있는 것은 내가
아니오 그대입니다.
나의 가슴에 '사랑'의 글자를 황금으로 새겨서
그대의 사당祠堂에 기념비를 세운들 그대에게 무슨
위로가 되오리까
나의 노래에 '눈물'의 곡조를 낙인으로 찍어서
그대의 사당에 제종祭宗을 울린대도 나에게 무슨
속죄가 되오리까
나는 다만 그대의 유언대로 그대에게 다하지
못한 사랑을 영원히 다른 여자에게 주지 아니할
뿐입니다 그것은 그대의 얼굴과 같이 잊을 수가 없는
맹세입니다.
용서하여요 논개여 그대가 용서하면 나의 죄는
신에게 참회를 아니한대도 사라지겠습니다.

천추千秋에 죽지 않는 논개여

하루도 살 수 없는 논개여

그대를 사랑하는 나의 마음이 얼마나 즐거우며
얼마나 슬프겠는가.

나는 웃음이 겨워서 눈물이 되고 눈물이 겨워서
웃음이 됩니다.

용서하여요 사랑하는 오오 논개여

사랑의 불

산천초목에 붙은 수인씨가 내셨습니다.
청춘의 음악에 무도하는 나의 가슴을 태우는 불은
가는 님이 내셨습니다.

촉석루을 안고 들며 푸른 물결의 그윽한 품에
논개의 청춘을 잠재우는 남강의 흐르는 물아.
모란봉의 키스를 받고 계월향의 무정을 저주하면서
능라도를 감돌아 흐르는 실연자인 대동강아.
그대들의 권위로도 애태우는 불은 끄지 못할 줄을
번연히 알지마는 입버릇으로 불러보았다.
만일 그대네가 쓰리고 아픈 슬픔으로 졸이다가
폭발되는 가슴 가운데의 불을 끌 수가 있다면
그대들이 님 그리운 사람을 위하여 노래를 부를 때에
이따금 이따금 목이 메어 소리를 이루지 못함은 무슨
까닭인가.
남들이 볼수 없는 그대네의 가슴 속에도 애태우는
불꽃이 거꾸로 타들어가는 것을 나는 본다.

오오 님의 정열의 눈물과 나의 감격의 눈물이 마주
닿아서 합류가 되는 때에는 첫 방울로 나의 가슴의
불을 끄고 그 다음 방울을 그대 네에 가슴에 뿌려
주리라.

나의 노래

　나의 노랫가락의 고저장단은 대중이 없습니다.

　그래서 세속의 노래곡조와는 조금도 맞지 않습니다.

　그러나 나는 나의 노래가 세속 곡조에 맞지 않는
것을 조금도 애달파하지 않습니다.

　나의 노래는 세속의 노래와 다르지 아니하면 아니
되는 까닭입니다.

　곡조는 노래의 결함을 억지로 조절하려는 것입니다.

　곡조는 부자연한 노래를 사람의 망상妄想으로
도막쳐 놓는 것입니다.

　참된 노래에 곡조를 붙이는 것은 노래의 자연에
치욕입니다.

　님의 얼굴에 단장을 하는 것이 도리어 흠이 되는
것과 같이, 나의 노래에 곡조를 붙이면 도리어 결점이
됩니다.

　나의 노래는 사랑의 신神을 울립니다.

　나의 노래는 처녀의 청춘을 쥐어짜서 보기도 어려운
맑은 물을 만듭니다.

　나의 노래는 님의 귀에 들어가서는 천국의 음악이
되고 님의 꿈에 들어가서는 눈물이 됩니다.

　나의 노래가 산과 들을 지나서 멀리 계신 님에게
들리는 줄을 나는 압니다.

나의 노랫가락이 바르르 떨다가 소리를 이르지 못할 때에 나의 노래가 님의 눈물겨운 고요한 환상으로 들어가서 사라지는 것을 나는 분명히 압니다.

　나는 나의 노래가 님에게 들리는 것을 생각할 때에 광영光榮에 넘치는 나의 작은 가슴은 발발발 떨면서 침묵의 음보音譜를 그립니다.

사랑

봄 물 보다 깊으리라
가을 산 보다 높으리라
달 빛 보다 빛나리라
돌 보다 굳으리라
사랑이 묻는이 있거든
이대로만 말하리

나룻배와 행인

나는 나룻배
당신은 행인.

당신은 흙발로 나를 짓밟습니다.
나는 당신을 안고 물을 건너갑니다.
나는 당신을 안으면 깊으나 옅으나 급한 여울이나
건너갑니다.

만일 당신이 아니 오시면 나는 바람을 쐬고 눈비를
맞으며 밤에서 낮까지 당신을 기다리고 있습니다.
당신은 물만 건너면 나를 돌아보지도 않고
가십니다그려.
그러나 당신이 언제든지 오실 줄만은 알아요.
나는 당신을 기다리면서 날마다 날마다 낡아갑니다.

나는 나룻배
당신은 행인

독자에게

독자여 나는 시인으로 여러분의 앞에 보이는 것을 부끄러워합니다.

여러분이 나의 시를 읽을 때에 나를 슬퍼하고 스스로 슬퍼할 줄을 압니다.

나는 나의 시를 독자의 자손에게까지 읽히고 싶은 마음은 없습니다.

그때에는 나의 시를 읽는 것이 늦은 봄의 꽃 수풀에 앉아서 마른 국화를 비벼서

코에 대는 것과 같을는지 모르겠습니다.

밤은 얼마나 되었는지 모르겠습니다.

설악산의 무거운 그림자는 엷어 갑니다.

새벽종을 기다리면서 붓을 던집니다.

을축 8월 29일 밤 끝

한용운의 『님의 침묵』

조강석

시집 『님의 침묵』은 한국 근대시사에서 중요한 위치를 점하는데 이에 대해서는 크게 보아 2가지 측면에서 설명할 수 있다. 1920년대의 시인들 앞에는 두 가지 부재, 즉 이중부재 상황이 놓여 있었다. 첫째, 비단 작가들만의 문제는 아니지만, 이들에게는 근대적 양식의 국가가 없었다. 둘째, 이들에게는 한국어로 근대적 양식의 시를 쓰는 것에 대한 모범적 선례가 없었다. 그것이 의미하는 바는 모든 실천이 실패가 될 수도 있고 동시에 길이 될 수도 있다는 것이다. 조선어 맞춤법 통일안이 공표된 것이 1933년의 일임을 감안하면 한글 쓰기의 언어 규범조차 정식화되어 있지 않은 상황이었고 그런 상황 속에서 조선어로 근대적 양식의 시를 쓴다는 것은 선배들의 모범적 선례를 따르는 일이 아니라 새롭게 모범을 창조해간다는 것이었다. 그런 맥락에서 볼 때 유종호 선생의 말마따나 1925년에 출간된 김소월의 『진달래꽃』과 1926년에 출간된 한용운의 『님의 침묵』은 불현 듯 찾아온 어떤 '기적'이었다.

이중부재 상황이 한용운의 『님의 침묵』과 어떤 관계가 있는지 살펴보자. 우선, 근대적 국가의 부재와 관련된 경험을 생각해보자. 이는 공동체의 경험을 조직하고 공공의 생활양식의 기반을 조성하면서 성원들의 공통 정서의 기본 틀을 구성하는 정체政體가 없었다는 것이다. 식민지 체험은 구성원들에게 부재와 결핍의 정서를 내면화하는 기제로 작용하고 있었다. 시인들 역시 다양한 층위에서 이를 표현하고 있었다. 한용운의 대표작 「님의 침묵」은 바로 이런 의미에서의 부재와 결핍의 정서를 우리말로 잘 표현한 명편이다. 이 작품은 님이 부재한 상황에 대한 인식, 그리고 그 부재와 결핍의 상황이 낳은 상실감, 상실감을 극복하려는 의지가 쉬운 우리말을 통해 자연스럽게 시로 표현된 작품이다.

지금까지 많은 경우에 이 작품에서 '님'은 '민족'이나 '조국'의 은유로 설명되어 왔다. 그러나 님이 어떤 대상을 지시하느냐보다 중요한 것은 이 작품에 소중히 여기는 대상을 상실한 결핍감이 절절히 표현되어 있으며 잃어버린 그 대상을 다시 찾고 싶은 소망과 의지 역시 자연스러운 우리말 어법에 맞게 곡진하게 표현되어 있다는 것이다. 이와 관련하여 시집의 서문 격인 「군말」을 눈여겨 볼 필요가 있다. 『님의 침묵』을 잘 이해하는 좋은 방법은 바로 이 「군말」을 곱씹어 보는 것이다. 아래에 옮겨본다.

'님'만 님이 아니라 기룬 것은 다 님이다. 중생이 석가의 님이라면 철학은 칸트의 님이다. 장미화의 님이 봄비라면 마시니의 님은 이테리다. 님은 내가

사랑할 뿐 만아니라 나를 사랑하느니라. 연애가 자
유라면 님도 자유일 것이다. 그러나 너희는 이름 좋
은 자유에 알뜰한 구속을 받지 않느냐. 너에게도 님
이 있느냐,있다면 님이 아니라 너의 그림자니라. 나
는 해 저문 벌판에서 돌아가는 길을 잃고 헤매는 어
린 양이 기루어서 이 시를 쓴다.

　표면에 명료하게 드러나 있는 의미는 모든 "기룬 것"
즉, 누구에게나 있음직한, 지극히 소중히 여겨 그리워
하는 대상은 무엇이라도, 누구라도 '남'이 될 수 있다는
것이다. 다시 말해, 님의 상실은 특수한 대상과 관련된
것이라기보다는 보편적 상황에서의 보편적 정서와 관
계된다는 것이다. '님'을 꼭 조국이나 민족의 은유로 풀
지 않아도 이런 보편화가 당대의 일반적 정서로서의 상
실감과 잃어버린 님을 되찾고 싶은 의시를 더욱 강조하
게 된다는 것은 자명하다. 「군말」에서 또 한 가지 흥미
로운 것은 "님은 내가 사랑할 뿐 아니라 나를 사랑하나
니라"라는 말이다. 사랑이 대상에 얽매이는 구속拘束과
맹목이 아니라면, 즉 님이 단지 '나'의 그림자가 아니라
면 님 역시 '나'를 여전히 사랑하고 있을 것이라는 믿음
이 부재와 결핍의 상황 속에서 님을 되찾기 위한 일종
의 주문과 같은 노래를 낳는 원천이 된다. 「님의 침묵」
의 저 유명한 구절, "제 곡조를 못 이기는 사랑의 노래는
님의 침묵을 휩싸고 돕니다"라는 구절은 부재와 결핍

이 그 상황을 해소하려는 소망을 담은 노래를 낳는 정황을 단적으로 보여준다. 시는 본래 부재와 결핍의 산물이다. 그리고 그렇게 부재와 결핍의 상황에서 부르는 노래는 님을 부르는 주문이 된다. 왜냐 하면 님은 '나'의 구속을 받는 존재가 아니라 여전히 '나'를 사랑하는 존재이기 때문이다. 부재와 결핍이 존재와 현전의 원천이 된다. 한용운의 시의 특징인 역설은 이렇게 작동한다. 한용운의 시는 설명적 진술이나 사상이 아니라 논리적 역설 속에 '시적인 것'이 있음을 여실히 보여준다.

한용운의 『님의 침묵』에서 부재의식이나 결여에 대한 감각과 더불어 우리가 주목할 것은 자연스러운 우리말 구사를 통해 표현되는 사유의 깊이이다. 「알 수 없어요」와 같은 작품이 그 대표작이다. 어려운 관념어가 하나도 없이 다채로운 비유를 통해 가시적 세계 이면에 있음 직한 어떤 비가시적 존재의 절대성을 표현하고 있는 이 작품은 한국 근현대시 100년 동안 발표된 작품 중 손꼽힐 만한 명편이다. 우선, 한글로 된 시적 문장의 전형을 창조해내었다는 점에서 그렇고 그런 가운데서도 범접하기 힘든 깊이 있는 사유를 생생하고 구체적인 이미지를 통해 표현하고 있다는 점에서 그렇다. 이 시는 독자로 하여금 "고요히 떨어지는 오동잎", "언뜻언뜻 보이는 푸른 하늘", "알 수 없는 향기", "작은 시냇물 소리", "떨어지는 해를 곱게 단장하는 저녁놀"과 같이 구체적인 이미지들을 통해 현상 이면의 존재를 더듬어보게 한다. 즉 구체적인 것들을 통해 그 이면을 짐작하게 한다는 글자 그대로의 의미에서의 형이상학적 사유의 깊이를 맛볼 수 있게 하는 것이다. 일상의 체험에서 실감할 수 있는 생생한 이미지를 통해 자연스러운 우리말의 진행에 따라 사유의 깊이를 음미할 수 있게 하는 것은 예사로운 경지가 아니다. 예사롭게 예사롭지 않은 사유를 펼쳐내는 우리말의 한 진경을 시집 『님의 침묵』은 보여주고 있는 것이다. (문학평론가. 인하대학교 교수)

시인의 자료

만해의 청년시절

『님의 침묵』(한성도서)에 실린
만해의 초상. 1950년

『님의 침묵』 집필 때의 백담사 정문

만해의 방

『님의 침묵』

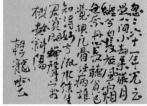

▲ 호방한 만해의 필체

◀ 선禪에 잠긴 만해의 초상

서대문 형무소의 수형기록표
1920년 만세사건 주동자로 3년수감.

서대문 형무소를 출옥한 이후

서대문 형무소 수형기록표
1929년 12월 광주학생의거를 위한
민중대회 개최건으로 서대문형무소에
수감. 당시 50살였다.

한용운 「님의 침묵」 김우창의 평가대로 우리나라의 향가, 고려 가요, 시조,
가사, 한시, 불경에 흐르는 정신과 시적 방법을 고스란히 계승하고 있다.

한용운 시인 연보

1879년(1세) 8월 29일 충청남도 홍성군에서 한응준과 온양 방씨 사이의 아들로 출생. 법명은 용운, 법호는 만해萬海. 卍海.

1882 (4세) 임오군란이 일어났으며, 14세에 고향에서 성혼의 예식을 올렸다.

1884년(6세) 지주 집안이라 안락한 환경에서 6세 때부터 10년간 향리 서당에서 한학漢學을 익혀 상당한 실력을 쌓았다.

1886년(8세) 홍성읍내로 이주, 한학 공부 지속.

1887년(9세) 통감, 대학, 서상기, 서경 등을 공부. 월정사 강원에서 수학.

1892년 전정숙과 결혼.

1894년(16세) 기우는 국운 속에서 홍주에서 일어난 동학 농민전쟁과 의병운동을 목격한 후 집에 머물 수 없었다.

1896년~1899년(18세~21세) 설악산 오세암에 입산. 절의 일을 거들다가, 출가하여 승려가 되었다. 출가 직후에는 오세암에 머무르면서 불교의 기초지식을 섭렵하면서 선禪을 닦았다. 다른 세계에 대한 관심이 깊은 나머지 블라디보스톡으로 건너갔으나 박해를 받고 곧 되돌아와 이곳저곳을 정처 없이 떠돌았다.

1905년(27세) 재입산하여 설악산 백담사百潭寺에서 연곡連谷을 은사로 하여 정식으로 득도得度하였다. 불교에 입문한 뒤로는 교학적 관심으로 대장경을 열람. 불경의 한문을 우리말로 옮기는 등 불교의 대중화 작업에 힘을 다했다.

1908년(30세) 명진학교(지금의 동국대학교) 졸업. 조선 전국 사찰 대표 52인에 참여.1908년 5월부터 약 6개월간 일본을 방문, 주로 토쿄東京와 교토京都를 중심으로 새로운 문물을 익히고, 일본의 풍물을 몸소 체험하였다. 일본 여행 중에 3·1독립운동 때의 동지가 된 최린崔麟 등과 교유하였다.

1910년(32세) 일본 불교계와 새 문물을 보고 돌아와 1909년 썩어가는 당대 한국불교를 개탄하면서 개혁방안을 내놓은 실천적 지침서『조선불교유신론』을 백담사에서 탈고, 1913년 발간 불교계에 일대 혁신운동을 일으켰다.1910년 한일합방으로 한국어마저 못쓰게 된 국치의 슬픔을 안은 채 중국 동북삼성東北三省으로 갔다. 만주지방 여러 독립군의 훈련장을 돌면서 독립정신과 민족혼을 심어주는 일에 온 힘을 다했다.

1913년(35세) 통도사 불교강사 취임.

1914년(36세) 4월에는 방대한 고려대장경을 독파하고 『불교대전』을 간행.조선불교청년동맹 결성.

1917년(39세) 청나라 승려 내림來琳의 증보본에 의거하여『채근담菜根譚』주해본을 저술하였다.

1918년(40세) 썩어가는 당대 한국불교를 개탄하면서 개혁실천적 지침서『조선불교유신론』발간. 불교계에 일대 혁신운동을 일으켰다.

여러 사찰을 돌며 강연과 저술활동하다. 서울에 자리잡은 해였다. 이때 계동 43번지에서 훗날 커다란 문화사업이 된『유심唯心』을 창간(3호로 중단) 불교의 대중화와 암울한 식민지 무단통치 아래 민족의식을 깨우쳐갔다. 정치적 상황에 편승한 친일매불親日賣佛 한 친일승려들을 단죄하는 궐기대회를 열거나 격문을 돌리며 민족의식을 고취시켰다.

1919년(41세) 천도교, 기독교, 불교계 등 종교계를 중심으로 전국적으로 거국적인 3·1운동 계획을 주도.참여했다. 그는 독립선언문 내용을 둘러싸고 최남선崔南善과 의견 충돌을 하였다. 불교측 인사들을 만나고, 불교계측에 독립선언서를 배포하는 일도 맡았다. 2월 28일 3천여 매의 독립선언서를 인수, 3월 1일 오후 2시 이후에 시내 일원에 배포케 했다.

1919년 3월 1일 오후 2시 종로 태화관에 민족대표33인들과 모여 선언서를 돌려봤고, 조선독립선언과 함께 시인은 만세삼창을 선창하였다. 이후 민족대표들은 모두 수감되었다. 불안과 절망에 빠진 나약한 민족대표들에게 호통을 치고, 경종을 울릴만치 옥중에서도 의인다웠다 한다. 나아가 1919년 7월 10일에는 경성지방법원 검사장의 요구로 '조선독립에 대한 감상'이란 논설을 집필하여 명쾌한 논리로 조선독립의 정당성을 설파하였다.

1921년 (43세) 서대문형무소에 3년간 복역을 마치고 12월 21일 석방후에도 굴하지 않고 민족운동을 펼쳐갔다. 1922년부터 전국적으로 확산된 물산장려를 통한 민족경제의 육성과 민족교육을 위한 사립대학 건립운동에 앞장섰다.

1924년(46세) 불교청년회 회장, 총재. 1924년에는 불교청년회 회장으로 취임한 뒤, 총독부에 대하여 당당히 정교政敎의 분립을 주장, 사찰령의 폐지를 요구하였다. 또한 중앙의 불교 행정기관을 각성시켜 불합리한 법규를 정정케 하고, 대중 불교의 전통을 되살리는데 전력을 기울여 큰 성과를 올렸다.

1925년(47세) 시집 『님의 침묵』 탈고. 오세암에서 선서禪書 『십현담주해』 간행를 탈고.

1926년(48세) 한국시의 기념비적 작품으로 한용운의 대표적 시집 『님의 침묵』을 발간. 시집에 실린 88편의 시는 간절한 사랑의 노래로 민족의 독립의 신념과 염원을 담은 것이라 이해한다. 1927년 일제에 대항하는 단체였던 신간회新幹會 결성을 이끄는 역할을 했다. 신간회는 광주학생의거 등 전국적인 민족운동으로 전개, 추진되었다. 그는 중앙집행위원과 경성지회장京城支會長을 함께 맡았다.

1930년(52세) 5월 청년 불교도들의 비밀조직인 항일운동단체인 만당卍黨의 당수로 취임. 만당은 경상남도 사천의 다솔사를 근거지로 하여 국내일원과 동경에까지 지부를 설치하고 활발한 활동을 전개하였다. 그 궁극적인 목적은 민족의 자주독립이 목적으로 활발히 펼쳐가다. 1938년 말 발각되어 6차례의 검거선풍으로 무너지고 말았다. 더불어 불교의 대중화와 민중계몽을 위하여 일간신문의 발행을 구상, 당시 운영난에 빠진 『시대일보』를 인수하려다 실패했다.

1931년(53세) 잡지 『불교』를 인수,고루한 전통에 안주하는 불교를 통렬히 비판. 승려의 자질향상 · 기강확립 · 생활불교 등을 제창 불교 대중화와 민중계몽, 민족의식 고취에 힘썼다.

1932년(54세) 수필 「평생 못잊을 상처」를 조선일보에 발표.

1933년(55세) 진성당병원의 간호원인 21세 연하 유숙원과 돈암동 신흥사 대웅전에서 정화수를 떠놓고 결혼식을 올렸다. 성북동 집터에 총독부 청사가 보기 싫어 남향 집터를 뿌리치고 동북방향으로 심우장尋牛莊이라 이름짓고 여생을 보냈다.심우장은 선종의 '깨달음'의 경지에 이르는 과정을 잃어버린 소를 찾는 것에 비유한 열가지 수행단계 중 하나인'자기 본성인 소를 찾는다'는 심우尋牛에서 유래했다. 시인은 좋고 싫음이 분명하여 뜻을 함께한 동지들에게는 매우 의가 깊었다. 만주에서 독립투쟁하다 잡혀 마포형무소에서 순국한 김동삼의 유해를 심우장으로 모셔 5일장을 치루기도 했다. 하지만 변절한 친일인사에 대해서는 일체 상대하지 않았다. 변절한 최린이 심우장을 방문한 때도 만나주지 않자, 최린이 시인의 딸에게 돈을 주고 간 사실을 알고 부인과 딸에게 호통친 후 명륜동 최린의 집으로 달려가 그 돈을 문틈으로 집어 던지고 왔다고 한다.

1935년 조선일보에 장편소설『흑풍黑風』연재.

1936년(58세) 조선중앙일보에 장편『후회後悔』를 연재. 시인이 소설을 쓴 까닭은 무엇보다 소설을 통해 민족운동을 펼칠 뜻이 컸다고 여겨진다. 신채호 묘비 문을 쓰고 건립.

1938년(60세) 1938년 직접 지도해온 민족투쟁비밀결사단체인 만당사건卍黨事件으로 많은 후배 동지들의 검거에 본인도 고초를 겪었다.

1939년(61세) 회갑을 맞아 민족독립운동을 주도하던 본

거지 경남 사천군 다솔사多率寺에서 자축연을 가졌다.
조선일보에 삼국지 번역, 연재.

1940년(62세)　환갑넘은 나이에도 창씨개명 반대운동,1943년 조선인 학병출정 반대운동 등을 펼쳤다.

1942년(64세)　신채호 유고집 발간 추진, 좌절.

1944년(66세)　지병인 신경통으로 앓아눕는다. 극도의 영양실조에서 여러 약이 효험이 없었다. 6월 29일 성북동의 심우장尋牛莊에서 중풍으로 별세. 동지들에 의하여 미아리 사설 화장장에서 다비된 뒤 오직 타지 않은 치아만이 망우리 공동묘지에 안장되었다. 친하던 벗으로는 이시영 · 김동삼 · 신채호 · 정인보 · 박광 · 홍명희 · 송월면 · 최범술 등이 있었다.

1962년　대한민국장이 추서되었다.

1973년　7월『한용운전집』간행.

1997년　백담사에 만해기념관 건립.

2001년　만해가 출가한 14세때 조혼풍습에 따라 혼인한 전정숙씨 사이에 태어난 아들 보국(1904~1977)씨는 고향에서 신간회 활동중에 공산주의자가 되어 월북을 했다. 그의 1남5녀 중 장남은 어려서 죽고, 2001년 북한잡지『통일신보』에 셋째 딸 명심의 기고로 만해의 다섯 손녀와 후손이 살고 있음이 알려졌다.

2003년　백담사 입구에 만해마을 준공.

엮은이	사과꽃 편집부
	정본을 중심으로 새롭게 편집하여,
	한용운의 『님의 침묵』을 묶었습니다.

한국 대표시 다시 찾기 101

님의 침묵
한용운

1판1쇄인쇄	2017년 12월 13일
1판1쇄발행	2017년 12월 19일
지은이	한용운
펴낸이	신현림
펴낸곳	도서출판 사과꽃
	서울 종로구 옥인길74 (3-31)
이메일	abrosa@hanmail.net
전화	010-9900-4359
등록번호	101-91-32569
등록일	2012년 8월 27일
편집진행	사과꽃
표지디자인	정재완
내지디자인	강지우
인쇄	신도인쇄사
ISBN	979-11-962533-4-9(04810)
	979-11-962533-0-1

값 7,700원